빨래 너는 남자

Over a Wall
Poetry
36

빨래 너는 남자

강돈희 시집 12

또 하나의 구슬을 꿰면서

이젠 덤덤할 때도 되었는데
새 시집을 다시 엮는 일은 여전히
설레는 마음을 어쩌지 못한다

아직도 갈 길은 멀다고 느끼고 있지만
이제 또 하나의 구슬을 꿰면서
갈 길이 조금은 가벼워져 고맙다고 생각한다

이 년 만에 다시 내는 시집이어서 새삼스럽다
코로나가 없어지기는커녕 극성을 떨던
그 긴 시간 동안에도 시는 꾸준히 나를 찾아왔고
나는 변함없이 시와의 데이트를 즐겼다

여기 그 흔적들을 더듬어 남긴다
돌아보는 시간도 즐겁고 내 마음은 더 즐겁다
나를 잊지 않고 성원해 주신 모든 분들께
진심으로 머리 숙여 감사드린다

진정 고맙습니다!

2023. 09. 09.
가을이 선뜻 다가온 소소재(小小齋)에서
강돈희

차례

─2부_삶─

차례

─4부_가슴앓이─

빨래 너는 남자

1부
한편

끝없는 고난과 역경 속에 펴 티지는
삶을 산 사람들에게 미안하다

그런 삶을 살지 않아 다행이고 고마웠다
내 인생은 인생도 아니라고 여긴다

한편

얼마나 좋은 말인가
한편이라는 말은

같은 생각 같은 마음으로
같은 길 함께 가는 친구라는 뜻

더하여 우리라는 말이 붙으면
그 힘은 더 커지고 부풀지

우리가 한편이라는 것
얼마나 든든하고 마음 편 한가

한편을 많이 만든 사람은 행복하지
다다익선이 딱 맞는 말이지

영원히 변치 않는 한편 하나 갖는 일
인생에서 얻는 가장 귀한 재산

청복

주머니가 늘 허전해서
마음까지 늘 빈털터리처럼 살았다

작은 마음조차 나누지 못하고
그저 맹탕 고마움만 가슴에 품고 살았다

이제 나이 들어 주머니 풀라는 뜻을 알게 되고
조금은 털 줄 알게 된 것은 얼마나 다행인가

타고난 복이 그렇고 그릇이 또한 작아서
늘 소인으로만 살아온 삶이 부끄럽다

가진 것으로 만족할 줄 아는 것은 그나마 청복이다
욕심이 없는 것은 아니나 그 탐함이 적으니 이 또한 복이다

지금 나는

지금 나는

휴양 중이 아니라 수양 중이다
모든 욕심 내려놓고 수양 쌓고 있다
먹지 않으면 살 수 없는데

지금 이틀째 여섯 끼를 꼬박 굶고 있다
밖으로 나가지도 못하고 갇힌 신세
답답함도 잊은 채 열심히 용맹정진하고 있다

군자가 되기 위해 필요한 처절한 수련
난데없는 위기 속 자신과의 참 싸움 진행 중이다
세상과 단절된 상태가 싫지만은 않다

언제 이런 기회가 또 있겠나
참기 힘든 유혹 뿌리치고 자신을 닦을 좋은 기회로 삼는다

군자가 되는 길은 결코 쉬운 길이 아니다

탱자탱자 인생

띵까띵까한 인생을 살지 못하고
탱자탱자한 인생을 살았다

나름 복 받은 인생이라 여기며
군말 없이 감사한 마음으로 살았다

끝없는 고난과 역경 속에 피 터지는
삶을 산 사람들에게 미안하다

그런 삶을 살지 않아 다행이고 고마웠다
내 인생은 인생도 아니라고 여긴다

궁지

심부름 잘못했더니
정신 어디에다 두고 다니느냐고
한 소리 들었다

차 조심 하느라고 그랬어
그걸 변명이라고 해
한 대 더 맞았다

내가 생각해도 말이 안 되었다

그래도 다른 이유는 없었다

빨래 너는 남자

빨래를 넌다
따사로운 햇살 아래서
방금 빤 따끈한 빨래를 넌다

빨래를 너는 기분이 싱그럽다
더럽고 냄새나던 빨랫감
새것으로 탈바꿈시키는 일도 즐겁겠지만

깨끗하게 뽀송뽀송해진 새것들을
행거나 빨랫줄에 하나둘씩 너는 하얀 마음은
언제나 갓 시집온 새댁 맘처럼 상큼하고 풋풋하다

빨래를 하면서 마음도 같이 빤다
더러워지고 거칠어진 영혼
세탁기에 넣어 함께 잡아 돌려 깨끗하게 새 마음 만든다

보금자리

돼지 저금통에 하나둘씩 넣은 동전들이
배가 불러 열어보면
깜짝 놀랄 적잖은 목돈이 되어 있듯이

한 권 두 권 사 본 책들이 작은 서재를 이루었다
이사를 하면서 더 둘 곳 없어 버린 책들이 가슴 시리다
티끌 모아 태산이란 말에 가슴이 따스하다

40여 년 책방에서 보낸 시간 수월찮다
이 사람 저 사람 선물로 받은 책들도 부지기수
정성껏 거두고 모았더니 나만의 보금자리가 되었다

물 방구리에 쥐 드나들 듯 도서관도 들락거렸다
주변에 있었으면 거기서 살았을 것이다
나만의 공간이 있다는 건 나를 지켜주는 바탕이다

불꽃

꽃과 나비가 만날 때도 불똥 튄다
뜨거운 번개가 친다

너와 내가 만날 때 몇억 볼트의
전기가 흘렀을 것이다

허투루 된 만남은 아닐 것이다
이렇게 내 마음 숯검정이 된 걸 보면

불꽃 없는 만남은 만남도 아니다
떨림 없는 만남은 진정 아무 것도 아니다

절망

새 시집 발행한 지 두 달
출판기념회 거창하게 치른 지 한 달
그동안 백여 권의 책을 풀었다

"야, 그 시 참 좋더라!"
정말 감동이야! "네 시가 최고야!"
빈말이라도 내가 듣고 싶은 말들이었다

그러나 그건 나만의 찬란한 꿈이었다
아무도 단 한 사람도 그런 말 해 주는 사람 없었다
기대가 크니 실망은 더 큰 법

나는 깊은 절망과 슬픔에 빠졌다

내 가슴엔

내 가슴엔
심어야 할 게 많다
이게 다 욕심인 걸 안다

바둑도 심어야 하고
시(詩)도 사랑도 심어야 하고
인문학도 심어야 한다

여유와 낭만을 심고
이상과 열정을 심어야 하고
너와의 데이트도 꼭 심어야 한다

도(道)도 심어야 하는데
이건 내 바탕으로는 어렵다
그렇지만 포기는 하지 않을 것이다

조용한 삶

나도 욕심이 없는 건 아니다
있지만 작을 뿐이다

욕심 적으니
마음이 편하고 가볍다

욕심을 줄여 가니
일상이 한가롭고 여유롭다

지금의 삶에 만족하는 것
무엇을 더 하려고 애쓰지 않는 것

물 흐르듯이 바람 부는 대로
그냥 지금 현재가 좋은 것

마음 바쁘지 않으니
삶이 고요하다

갈수록 마음 비우니
세상이 더 크고 아름답다

지금 이대로 이런 삶이 좋다
좋다고 생각하며 사니 삶이 마냥 더 좋다

맑은 하루

보슬비 잔잔하게 내리는 날
마음 건드리는 저 가느다란 빗줄기들이
잠자고 있는 내 감성을 일깨운다

이런 날에는 묵은 옷가지 벗어버리고
깨끗하고 산뜻한 옷 갈아입자
마음 씻어주는 비와 더불어 맑은 하루를 보내자

기분마저 가라앉아 침울해하지 말고
밝고 활기찬 마음 되찾아
고요함과 여유로움 실컷 즐겨보자

보슬비처럼 보슬보슬한 하루를 살아보자

한 식구

문학 모임 있던 날
술 한잔 걸치고 집에 갔더니
어떻게 집을 찾아왔니
구순 넘으신 아버지가 한 말씀 하신다

어이구 어떻게 오긴요
늙으신 아버지가 계시고요
예쁜 마누라 있고요
착한 딸과 귀여운 뿌뿌가 있으니까 왔지요

인사 여쭙고 나왔더니
안 보이던 삽살개 별이가 꼬리치며 반긴다
우리 집 식구는 모두 여섯 식구
언제나 오순도순 다정한 한 지붕 한 가족 한 식구

운전

내 발의 감각으로 속도를 정한다
빠름과 느림 그 정도를 정하는 건 발의 일이다

내 눈의 감각으로 거리를 가늠한다
전진과 후진 좌우회전 안전을 확보하는 건 눈의 역할이다

내 손의 감각으로 방향을 잡는다
나가고자 하는 방향으로 힘을 조절하는 건 손의 몫이다

아직도

아직도

떨리는 마음으로
메일을 연다

벅 차는 가슴으로
톡을 보내기도 하고

설레는 마음으로
모임을 기다리기도 하며

두근거리는 가슴으로
사람을 만날 때도 있다

아직도 여전히

모닝커피

비 오는 아침
식사 전에 모닝커피 마신다
건강에 좋은 건지 나쁜 건지도 모르면서

파라솔 아래에 앉아
바람 없어 수직으로 차분하게 떨어지는
빗줄기들 감상하며 커피 즐긴다

비가 와서 일을 못 하거나
아침 일이 일찍 끝나 시간 남는 날
파라솔 아래서 바깥 풍경 감상하는 게 낙이 됐다

모닝커피는 새로 생긴 일이다
마님과 둘이 앉아 내리는 빗속에 청승을 떤다
둘만의 오붓한 시간이 속절없이 흐른다

원동력

내 삶을 보다 더
풍요롭게 해주는 것들
너무 많아 셀 수도 댈 수도 없다

신선한 신문 기사 한 줄
연예인의 실없는 말 한마디
대중가요의 시 같은 노랫말 한 줄
우연히 눈에 띈 사진 한 장
혼신의 힘을 다하는 스포츠 선수들
나를 아프게 하는 잘난 사람들
뒤통수를 후려치는 멋진 시구(詩句) 하나
늘 한결같은 내 주변의 좋은 벗과 사람들
풍진 이 세상을 아름답게 하는 그 모든 생명들

이들이 있어 내 삶은 더더욱 풍성하다

새싹

씨앗을 심었다
정성껏 심은 씨앗들이 싹이 터
그 싹들이 땅을 뚫고 올라오는 모습은
언제 봐도 경이롭고 새롭다
생명의 신비 그 자체다

세상의 기적을 만나고 보는 일은
언제나 사람을 설레게 하고 들뜨게 한다
그제 심은 작은 녹두 알들이 다투어
흙을 헤집고 연둣빛 파릇한 새싹들을 틔웠다
아직 세상 때 하나도 묻지 않은 순결함 그 자체다

나도 한때는 예쁜 새싹이었었다

간 큰 남자

앞도 잘 안 보이는 길을 달려왔다

포천 구리 고속도로 차선은 전혀 안 보이고
앞차가 무슨 차인지 차도 안 보이고
빨간 미등만 뿌옇게 보이는 차 꽁무니를
무조건 따라서 제 속도도 못 내고
바짝 긴장한 채로 달려왔다

태어나 이렇게 미친 듯 쏟아지는 비는 처음이다
시간당 100밀리는 넘지 않을까 싶은데
서울 망우리부터 소흘 나들목까지
그저 연방 돌아가는 와이퍼만 정신없었다
오직 안개처럼 뿌연 앞과 빨간 미등만 어렴풋이 보였다

1차선으로 추월은커녕 달리는 차도 없었다
텅 빈 그 1차선을 신경 바짝 써가며 홀로 한참 달렸다
다른 차들이 1차선을 달리는 나를 보고 많이 놀랐을 것이다
선단동 올 때까지 1차선을 주행하거나 추월한 차는
어떤 화물차 하나와 나 오직 단 둘뿐이었다

내 간이 언제 그렇게 커졌는지 나도 모른다

눈뜬장님

내 눈에는 보이지도 않는데
하늘에 금이 그어져 있다고 여기는 사람이 있다
아직도 사라지지 않고 허공에 밑줄 그어져 있다는데

나도 명색 시인인데
왜 내 눈에는 하늘에 있다는 그 밑줄이 보이지 않을까
마음이 때 묻고 어두워서 인가

새가 날아가고 난 자리에 생겼다는데
아직도 사라지지 않고 허공에 금 그어져 있다는데
왜 내 눈엔 그런 게 보이지 않는가

나는 눈뜬장님인가 보다

아름다운 꿈

백치로 살고 싶다는 여자가 있다
건달이 되고 싶은 나와 비슷한 맛이 있어
순간 뭔가 통할 것 같은 촉이 온다
앞뒤 자리에 앉아 순창 비빔밥 먹으러 간다

세상을 백치로 사는 일도
건달이 되는 일도 쉽지 않은 일
평생 꿈만 꾸다 마는 일이 될 수도 있지만
그래도 그런 꿈을 갖는 건 찐득한 삶이 되는 일이다

호강

에어컨 빵빵하게 나오는
큰 버스를 혼자 타고 간다

사람은 가사와 나
단 둘뿐

좌석도 내 맘대로 골라서
넓은 좌석 통째로 차지하고

대기업 회장 부럽지 않다
이렇게 큰 차 혼자 타 봤을까

서울 가는 길이 즐겁다
한여름 뙤약볕도 달콤하기만 하다

외골수

부러지는 게 능사는 아닌데
자꾸 부러지려고 한다

때로는 휠 줄도 알아야 하는데
도무지 휠 생각 안 한다

누구 고집이 센지 끝끝내 겨루는 것
상처를 입으면 치명적이다

고집이 센 건지 개성이 강한 건지
융통성 없는 외골수 인생

세상 살기 참 빠듯하다
윤활유라도 잔뜩 칠해야 할까 보다

이야기가 있는 시

내 시 속엔 이야기가 있다고
냉장고를 고치던 젊은 청년 기사가 말해주었다

나에겐 무척 고무적인 말로 들렸다
그런 시를 쓰고자 했고 그렇다고 믿고 있었는데

내 맘을 알아주는 것 같고 나와 통하는 것 같아
더없이 기뻤음은 두말할 필요가 없다

읽으면 이야기가 스멀스멀 기어 나오는 시
삶의 이야기들이 소곤소곤 거리는 시를 쓰고 싶다

야반도주(夜半逃走)

이처럼 매혹적인 말이 또 있을까
야반도주(夜半逃走)

마음 맞는 사람 만나
어느 날 어느 밤 갑자기 어디론가
멀리 함께 도망가서 사는 일

사마상여처럼
나도 야반도주 하고 싶다
꼭 한번 해보고 싶은 일이 있다면
나에겐 이것이다

누구랑 한밤중 저 멀리 아주 멀리 도망가서
잠시라도 달콤한 시간 나누고 싶다
영화 같은 이야기 만들고 싶다

버킷리스트 하나 생겼다

‒ 사마상여 : (司馬相如, 기원전 179년 ~ 기원전 117년)는 중국 전한의 문학자이다. 탁왕손
  (卓王孫)의 딸 문군(文君)과 야반도주 후 결혼하여 부유하게 되었다.

만족

나 그곳에 가지 않아도 좋으리

모두가 가고 싶어 하는 피서지와 관광지

눈앞에 펼쳐진 멋들어진 풍광

눈에 넣지 않아도 좋으리

수많은 인파 속에 파묻히지 않아도 좋으리

마음에 담지 않아도 아쉬워하거나 후회하지 않으리

불가(不可)

대장부 되기가 너무 힘들다
두주불사에 영웅호색

나에겐 너무 먼 대장부 되기
대장부 근처도 못 가면서 감히 영웅까지

나는 뭔가

20kg 쌀자루 한 포대도 제대로 못 다뤄서
낑낑 매고

예초기 한 시간만 돌리면 팔이 덜덜 떨리고 아파서
쩔쩔매고

족구 한 게임만 뛰고 나면 다리가 후들거리고
알이 배어 일주일 생고생하는

나는 뭔가

싱가포르

다시는 오지 않으리
내 비염 도지게 만든 나쁜 곳
자연이라고는 하나도 없는 웃기는 나라

모든 것이 인간의 상상력과 힘을 바탕으로
다져진 터전 위에 세워진 인공의 세계
시멘트와 철근으로 이루어진 거대한 도시 국가

그 안에서 용트림하는 후텁지근한 적도의 열기여
무엇이 아쉽고 그리워 너를 다시 찾겠는가
내 이제 가면 다시는 오지 않으리

나를 두려움에 빠트리는 것은
온종일 치근거리는 지겨운 무더위가 아니라
밤새워 지겹게 돌아가는 에어컨의 저 막강한 서늘함이다

내 코는 더 이상 버틸 힘이 없다

흩어 진 마음

우산 없어졌네
장대비 쏟아지는데

갈 길은 멀고
다른 볼일 더 남았는데

시간은 덧없이 흐르고
머리에 쥐는 나고

누굴일까 도대체
자기 우산도 모르는 사람은

도대체 누굴까
남의 우산 가져간 사람은

자꾸 생각나네
나도 모르게 정든 그 우산

실수일까 고의일까
점점 나빠지는 고약한 기분

우산 잃어버린 날
가을비는 내 마음 흩어 내리고

나를 기다리는 것들

지금 우리 집엔
나를 기다리는 것들
너무 많아 나는 늘 설렌다

책꽂이에 꽂혀
내가 뽑아 읽어주기만을
목 빠지게 기다리고 있는 책들

때가 되면 먹이를 찾는
우리 집 단골손님 들고양이들
목말라 시들면서도 말도 못 하는 화분들

먼 길 가기 위해 늘 대기 중인 자동차
사진 찍기만을 학수고대하고 있는 카메라
옷장 안에서 간택을 기다리고 있는 제철 옷들

나의 데이트 신청을 기다리던
몇 여인들은 이젠 포기했을 것이다
기다림은 언제나 지치는 일에 다름 아니다

느긋해진 마음

긴 가뭄 끝에 내리는 단비 맞으며
백오십 리 길 서울 강남 결혼식장에 간다
직행버스 차창 너머로 보이는 시원한 빗줄기들이
오랜만에 느긋해진 마음을 어루만지고 있다

혼자 슬며시 불러보는 노래 빗속의 여인
남이 들을세라 조용히 되뇌인다
입 밖으로 새 나오는 작은 소리에 남은 하루가 가벼운데
반주도 없이 혼자 흥얼거리는 노래가 감미롭다

열심히 움직이는 와이퍼만 비를 즐기고
듬성듬성 앉은 승객들은 저마다 저만의 시간에 푹 빠졌다
버스는 굵은 빗속을 무심하게 달리고
나도 이내 무심해져 가는 시간만 달래고 있다

빨래 너는 남자

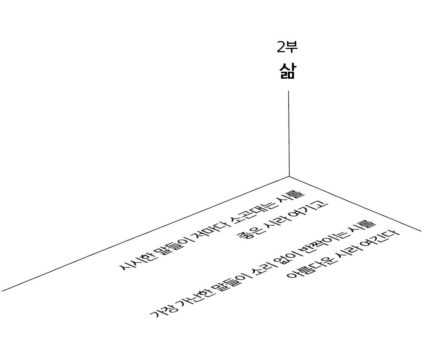

2부

삶

시시한 말들이 저마다 소곤대는 시를
좋은 시라 여기고

가장 가난한 말들이 소리 없이 반짝이는 시를
아름다운 시라 여긴다

삶

갑자기 아무런 이유 없이
뭐가 미치게 먹고 싶을 때가 있다
살아 있다는 강력한 증거다

삼겹살이 먹고 싶어 심란했었고
호떡이 불현듯 먹고 싶어 애타던 때도 있었고
오늘은 느닷없이 땅콩이 또 그렇다

참외가 아욱국이 팥죽과 통닭이 불쑥불쑥
머릿속에 서슬 퍼런 점령군처럼 들어와 처박힌다
나는 그저 순순히 두 손을 들 수밖에

그런 날은 하루 종일 입에 침이 고인다
퇴근 시간이 왜 이리도 긴지
먹어야만 풀리는 이 작은 소원들이 가는 시간을 재촉한다

붕괴

마음 여는 건 힘들어도
닫히는 건 순식간

가까워지기는 어려워도
멀어지는 건 잠깐

쌓는 덴 긴 세월 필요하지만
무너지는 건 한순간

얻는 건 어려워도
잃는 건 쉽고

이루는 건 어렵지만
무너지는 건 삽시간이다

사람 버는 건 돈 버는 것보다
훨씬 더 어려운 일이지만

사람 잃는 건 아주 사소한 일로
정말 우습게 무너진다

빈자리

알맹이 빠져나간 채 버려진 계란껍데기

저 안에 생명이 들어 있었다니 놀랍기만 하다

아직 다 부서지지 않아 모양새 그대로인데

똑같이 버려진 쓰레기라고 해도

어쩐지 어딘가 모르게 남달라 보이는 것은

아마도 생명이 빠져나간 그 자리가

더 크고 더 허전해 보이기 때문이겠지

좋은 시

예쁜 말로 가득 채워진 시를
좋은 시라 여기지 않는다

아름다운 말로 화려하게 수놓아진 시를
아름다운 시라 여기지 않는다

시시한 말들이 저마다 소곤대는 시를
좋은 시라 여기고

가장 가난한 말들이 소리 없이 반짝이는 시를
아름다운 시라 여긴다

말이 길어지고 글이 늘어져 여백 없이
글씨로 가득 메꾸어진 시보다는

잔잔하게 하고 싶은 말만 딱 하고 마는
시원한 여백이 많은 시를 더 좋은 시라 여긴다

낮은 행복

올라가면 좋은 게 있다고
끝없이 끊임없이 오르고 또 오른다

민심을 얻기 위한 치열한 선거가 끝났다
권력을 얻는 일도 오르는 일이다

올라가면 반드시 언젠가는 내려와야만 한다
거부할 수 없는 세상의 준엄한 법칙

행복은 올라가야만 얻을 수 있는 것도
높은 곳에만 있는 것도 아니다

사실을 말하자면 우리가 찾아 헤매는
행복은 낮은 곳에 있을 것이다

낮게 산다고 부끄러운 것이 아니라
높게 사는 게 더 부끄러운 일일 수도 있다

낮은 곳에서 얻는 행복이야말로 진짜 행복 아닐까

음주 단속

술 마실 때의
그 당당함 다 어디로 갔나
그 호기로움 다 어디에다 버렸나

자기다운 모습은 사라지고
어디서 못 보던 낯선 사람이 그곳에
자신을 대신해서 울고 있네

보이는 건 풀 죽어 치사하고 비굴한 모습
들리는 건 다 죽어가는 엄살에 비명과 하소연
무모한 억지에 심지어 뺑소니까지

이왕 이렇게 된 거
끝까지 가더라도 당당할 수 없을까
자기가 한 일에 떳떳하게 책임질 수 없을까

깊어져 가는 밤하늘에 팡파르처럼 낭랑하게 울려 퍼지는 건
저승사자처럼 보이는 경찰관의 저 우렁찬 목소리
더 더 더 더 더어 더더 더어어 더어어어

선순환

하늘이 불만스럽더라도
먼저 감사부터 하고 볼 일

내가 살아 숨 쉬고 있음에 감사하고
무엇이든 할 수 있는 일이 있다는 것에 감사하자

세상일이 내 뜻대로 안 된다고
하늘에 불만을 갖기 시작하면 끝이 없는 법

선순환 대신 악순환이 시작되면
모든 것이 다 부정적으로 보이게 마련

세상을 자기 뜻대로 사는 사람이 몇이나 될까
세상은 내 뜻대로 되는 곳이 절대 아니다

세상이 인생이 그렇게 만만하다면
세상에 슬픔과 아픔이란 것은 없을 것이다

세상은 무조건 감사부터 하고 볼 일이다

거품

세상이 온통 거품이다
속은 텅 비었는데
겉만 요란하다

언제 꺼질지 모르는
거품 속
껍데기 인생

거꾸로 가는 세월

121병동 12113호 병실

바로 옆에 산이 있어
눈만 돌리면 산이 보이는 방
그곳에 아픈 사람들 있어
오손도손 정답게 이야기 나누네

새벽 5시면 기상 시간이나 마찬가지
부지런한 간호사님들 분주히 움직이고
이런저런 소음과 잡소리로 잠은 이미 저만치
하루의 일과가 이렇게 열리네

가만히 누워 눈 감고 아침을 기다리는데
머리맡에서 긴급히 나를 찾는 소리
계시면 간호사실로 와달라는
X레이 촬영 있으니 다녀오시라네

가벼운 마음으로 찍고 돌아오니
시간은 06시 32분
이 시간에 자리 지키며 근무하는 임들 있어
몸과 마음 아픈 사람들 건강 다시 찾을 수 있다네

다홍치마

입을 열 때마다
시를 이야기한다면

말을 할 때마다
시가 튀어나온다면

돈 이야기나 술 이야기
하는 것보단 그래도 낫겠지

말끝마다 시를 노래한다면
시 짓는 시인이 아니어도 좋으리

수분지족(守分知足)

평생 요트 한 번 못 타보겠지만
그런 거 안 타 봐도 된다

그거 못 탄다고
큰일 나는 거 아니니까

요트 타는 일보다
더 중요하고 더 큰 일 많다

그건 타는 사람이나 타라고 해라
그 시간 너는 네 일에 더 열중하면 된다

좋은 시간과 가슴 뭉클한 감동은
언제나 스스로 자신이 만들어 가는 것이다

여기까지

더 이상은 없다는 말
이제 끝이라는 이야기지
인생은 여기까지의 연속이다

어제 끝난 여기까지가 오늘로 이어지고
지금 막 끝난 여기까지는
내일 또 그 명맥을 이어갈 것이다

여기까지가 또 다른 여기까지로 이어지는 것
세상에 끝이라는 게 정말 있을까
끝에는 언제나 새로운 시작이 기다리고 있는데

인생의 참맛

고통이라고는 할 수 없어도
눈물에 찌든 세월 겪어보지 않은 사람은
인생의 참맛을 모른다고 해도
조금도 지나치지 않다

우아하고 고상하게 사는 것
누구나 바라는 일이다

인생의 어려움을 모르고 사는 것
그것을 행복이라 말한다면
인생은 역경 속에 꽃피는 것이라는 말이
너무나 우습게 된다

공짜로 사는 삶 부러워할 것 없다
인생은 자기의 피와 땀으로 사는 게 진짜다

항복

바깥세상 나가기가 겁난다
죄를 많이 지은 까닭이 아니다
쏟아지는 뙤약볕이 너무 두렵기 때문이다

겨우 손바닥만 한 알량한 이 마음이
35도를 멋대로 넘나드는 무시무시한 열기에 그만
새까맣게 타버린 모양이다

제대로 싸워 볼 생각도 못 하고
제풀에 지레 겁을 먹고 주저앉은 꼴이다
나가보지도 않고 두 손부터 들었다

콩 잔치

밥은 구수한 검정 콩밥
반찬은 콩자반에 콩나물무침
두부 부침과 조림
국은 시원하고 매콤한 김치 콩나물국
밥상 위엔 온통 콩투성이

내일 점심은 콩국수

한 끼 인생

한 정거장 떨어진 김밥집에서
김밥 두 줄을 사 왔다

어느새 여름이 되었는지
그새 온몸이 땀으로 끈적거린다

선풍기 바람 맞으며 주린 배 채우는 건
이 한고비를 또 넘어 더 큰 내일로 가는 일이다

언제나 그렇듯 한 끼 끼니를 때우는 일은 거룩한 일이다
무릇 인생이란 이렇듯 거룩한 일들이 쌓여서 이루어지는 것

보잘것없는 김밥으로 점심을 때우며 하루를 건너가듯이
이렇게 작고 작은 일들이 모여서 한 인생을 이룬다

인생은 곧 한 끼의 끼니를 끊임없이 이어가는 일이며
그것이 끊어지지 않도록 하는 것이야말로 삶을 사는 일이다

시간 낭비

볼 게 그렇게 없어
겨우 그런 거나 보면서 웃다니

할 게 그렇게 없어
겨우 그따위나 하면서 시간 보내고

쓸 게 그렇게 없어
남 비방하는 일에만 열 올리네

찍을 게 그렇게 없어
먹는 거나 행사만 열심히 찍으면서

올릴 게 그렇게 없어
겨우 제 자랑이나 잔뜩 하면서

자랑할 게 그렇게 없어
미주알고주알 별걸 다 끄집어내네

각성

조금만 보온이 안 되면
여지없다
코가 들썩거린다

그만큼 면역력
떨어졌다는 이야기
나이를 먹었다는 산 증거

자랑거리도 아닌 것을
늘어놓는 이유는
그렇게 살아선 안 된다는 각성

은퇴식

우리도 은퇴식 한 번 해보자
문인과 시인 예술 하는 모든 작가도
멋들어진 은퇴식 한번 가져보자

유명 운동선수들은
번듯하게 보란 듯이 하는 데
우리 작가들은 왜 못 하나

더 이상 작품이 되지 않을 때
그때 글벗들의 따뜻한 박수와 격려 속에
새틋한 은퇴식 한번 만들어 보자

푸대접

그대 푸대접 받아본 적 있는가
세상에 푸대접 한 번 안 받아본 사람 있겠는 가마는
그 푸대접이 일상이 되어 있다면 큰 문제다

얼마나 사람을 우습게 알기에 그런 일 벌어질까
아니다 푸대접은 푸대접하는 사람에게 문제가 있는 것이다
사람을 우습게 여기지 않는다면 푸대접은 애초 없는 것

사람 무시하는 탓에 마음 섭섭하거나 분노가 치솟았던 기억
어처구니없다는 생각에 쓴웃음만 뱉으며
울며 겨자 먹는 기분이었던 그런 기억 있을 것이다

그렇다고 세상에 어디 푸대접만 있겠는가

행복의 비결

돈 생각하지 마라
돈이 지닌 가치에 대해

돈이 주는 막강한 혜택에 대해
더 이상 심각하게 생각하지 마라

몸과 마음만 팍팍 늙어갈 뿐
좋은 일은 하나도 생기지 않는다

네 손을 떠난 돈에 대해 미련 갖지 마라
네 곁을 떠난 어떤 물건에 대해서도 집착하지 마라

그 돈으로 그 물건으로 할 수 있는 일에 대해
관심 갖거나 마음 아파하지 마라

돈 없이 할 수 있는 일이 없는 것처럼 보이지만
정작 돈 주고도 못 사거나 못하는 일이 세상엔 정말 많다

어떤 경계선

하나뿐인 소중한 목숨
하루에도 몇 번씩
죽음의 경계를 넘나든다

불법 신호위반
막무가내 무단횡단
멋대로 끼어들기와 보복 운전
과속운전에 난폭운전과 한눈팔기
위험천만 음주 운전 졸음 운전 핸드폰 운전

아차 하면 가는 목숨
한시도 마음 놓고 살 수 없는데
수없이 넘나드는 생과 사

하루 한시가 안녕인 세월
온갖 위험으로 가득한 이 세상에서
살아간다는 일은 실로 얼마나 대단한 일인가

끊어진 인연

또 인연 하나를 끊었다
십여 년 사용한 드럼세탁기
자갈 굴러가는 소리가 들리는 등
더 이상 사용하기 어려웠다

어쩔 수 없는 작별
우리와의 인연은 여기까지였다
수많은 세탁물 빨아주느라
온갖 고생 도맡아 했다

정신없이 돌아가고도 모자라
한 시간 이상 맑은 물로 헹구어서
깨끗하게 만들어 주었다
그 어떤 더러움도 마다하지 않았다

자동차처럼 오일 같은 것도 없어서
그저 맹탕 열심히 돌아만 갔다
탈이 나는 게 당연하다
나이 탓도 있을 터

오늘 새 식구가 온단다
기념으로 사진 한 장 찍어둔다
마님도 곁에 서서 함께 지낸 십여 년 세월
짠하게 돌이키며 매만지고 있다

애지중지 아끼며 정성껏 보듬어 왔지만
세월의 힘을 이길 수는 없는 것
이제 너를 떠나보내며 여기 아픈 마음 새겨본다
잘 가거라 그동안 정말 너무 고마웠다

새 식구도 너만큼 아껴줄 것이다
아무 걱정 하지 말아라
편히 쉬거라

배꼽시계

밥 먹을 때가 된 거 같다
일을 중단하고 집으로 들어왔다
거의 정확하다
딱 밥 먹을 시간이다

시계 살 필요 없다
배꼽시계가 정확하게 알려주니까
그러나 분명한 한계가 있다
오직 밥 먹는 시간 하나만 알려준다는 것

아버지의 넋두리

서러워서 못 살겠네
마음에 드시는 일 많지 않아
무심코 내뱉으시는 넋두리

나이 점점 더 들어가시면서
노기도 늘어만 가신다
귀는 점점 막히어만 가는 데

큰소리로 대답하기도 힘들고
작은 소리는 못 들으시고
답답하기는 저도 마찬가지예요

건강하신 것만으로도
고맙고 행복한 우리 집과 아버지
가슴에 콕 박히는 서러운 아버지의 넋두리

행복

생각했던 것을 성취하고 얻는 일
좋은 생각을 실천하는 일
누군가를 배려하고 돕는 일
이런 것들을 쌓아가는 게 행복이다

생각만 하는 것이 아니라
행동으로 옮기고 열심히 노력하는 일
더 나은 내일을 향해 앞으로 밀고 나가는 일
자신과 세상을 조금이라도 더 아름답게 가꾸는 일

이런 것들이 다 성공이고 행복 아닐까

인생에 대한 의문

건물 하나 지어서 해결되는 인생이라면
땅 한 자리 팔아 인생이 해결된다면
얼마나 우스울까 인생이
그것도 인생이라고 할 수 있을까

의식주가 일찌감치 해결된 사람은
돈 걱정 없이 물컹하게 세상을 산 사람의 인생은
그 깊이가 얕을 수밖에 없다
몸의 수고로움을 알지 못하며 산 까닭이다

그대 정신만 추구하느라 물질을 멀리한 것은 아닌지
물질만 쫓느라 정신은 외면하며 산 것은 아닌지
정신과 물질 둘 다 충족한 삶을 살았다면 성공한 삶인가
둘 다 부족한 삶을 살아온 나는 정말 모르겠다

도둑

모든 인간은 다 도둑이다
누구나 다 능력껏 훔치며 산다
훔치지 못할 건 하나도 없다

돈과 보물과 사랑을 훔치고
눈에 드는 것들을 마음으로 훔치고
명예와 목숨까지도 거리낌 없이 마구 훔친다

허락이나 동의 없이 멋대로 훔치고
보이지 않는 마음과
잡을 수 없는 세월마저 맘대로 훔친다

지금까지 훔친 게 얼마나 많은지
셀 수 없고 알 수도 없다
도둑이라는 사실만큼은 변하지 않는다

인간은 영원한 도둑이다

탈바꿈

저렇게 가벼운 것도
제 무게를 못 이겨 떨어지는 것인가

점점이 떨어지는 흰 꽃송이들
때 묻지 않은 것들이 때 묻은 세상을 덮는다

맑고 깨끗한 모습으로 탈바꿈시키려고
가벼운 나부낌으로 떨어지지만

이미 더럽혀질 대로 더럽혀진 이 세상은
그깟 눈꽃 이파리가 뒤덮는다고 깨끗해지진 않는다

세상이 깨끗해지려면 사람들 마음부터
깨끗해지지 않고선 이루어질 수 없는 일일 터

그대 마음의 꽃 언제 피우려는가

용서받지 못할 일

마누라가 또 출장 갔다
밥맛이 막 돋는다

마누라가 없는데
입맛이 더 돋는 이유는 뭔가

밥맛을 잃어야 정상인데
이게 무슨 현상인가

유난히 밥맛이 더 당긴다
한 그릇 다 먹었는데 더 먹고 싶다

살찌려는 신호인가 싶어서
은근히 걱정이 된다

밥맛 좋아지는 것은 좋은데
무게가 느는 건 용서받지 못한다

청소

하루만 청소 안 해도
먼지 쌓인다
발 닿는 곳마다 소복하다

청소는 삶에 없어서는 안 될 일
그걸 하지 않으면 먼지들이 눈에 밟히지만
마음의 먼지는 눈에 밟히지도 않는다

그대 무엇으로 마음을 청소하고 있는가
얼마나 열심히 닦고 쓸고 있는가 그대 마음을
눈에 보이지도 않는 그 마음을

빨래 너는 남자

3부
마음고생

아무리 조심해도 숨어 있는 돌을 발견하기는 쉽지 않아
팔에 힘이 떨어질수록 불꽃은 더 많이 일어난다
자갈에도 벽에도 칠써에도 닥치는 대로
애초기 지나가는 길엔 불꽃 잔치가 벌어진다

마음고생

인생이 소설 같다는 그녀의 말에
큰 위안을 얻는 요즘이다
매일매일 조금씩 야위어 가는 영혼을 지켜보며
한숨조차 함부로 내뱉지도 못하던 때

마음고생은 평생 하는 거라는 그녀의 말에
큰 용기를 얻으며 웃음 짓는 오늘
그래 마음고생 없이 사는 사람도 있으랴 싶어
고생으로 주눅 든 마음에 힘을 보탠다

새 기쁨

새집으로 이사 온 뒤 새로 생긴 기쁨 하나는
다양한 새들을 더 많이 만나고 볼 수 있다는 것이다
참새보다도 더 작은 놈들도 여럿 있고
심지어는 까투리가 일광욕하는 걸 볼 때도 있다
처음 꿩 우는 소리 들었을 때는
너무 반갑고 신기해서 귀를 의심했었다

그 잘 울던 놈이 요즘은 무슨 이유인지 깊은 침묵에 빠졌다
나도 덩달아 활기가 줄어들었다
세상 사는 맛도 그만큼 더 줄어든 느낌이다
농작물이 익어가는 걸로 대신하지만
귀로 듣는 것과 눈으로 보는 건 사뭇 달라서
감흥도 다를 수밖에 없다

울타리 난간과 데크 여기저기에 슬쩍
응가를 하고 가는 놈들도 있지만 뭐 그 정도야
시골 살려면 응당 치러야 할 대가 아닌가
애교로 봐주면 그것도 봐줄 만하다
눈앞 전깃줄에 앉은 작은 새 두 마리가 정답게 속살거린다
설마 나에게 들려주려고 부르는 노래는 아니겠지

허공에 핀 꽃

허공에 꽃이 피었다
단박에 시선을 잡아끈다

공중에 둥둥 떠다니는
예쁜 꽃들이 참으로 아름답다

들고 있는 손보다도
들고 가는 사람보다도 더

물건이 사람보다 더 아름답다는 건
어찌 보면 사람에겐 치욕이다

하지만 그건 어쩔 수 없는 일
보이지 않는 사람 속은 알 수 없으니까

햇볕이 따가울수록 허공에 핀 꽃들은
더욱 화려한 무늬와 색깔로 거리를 주름잡는다

멀리서 떠가는 양산들이 꽃밭을 이룬다
사람도 저렇게 아름다워야 하는데

늙어간다는 것

이순을 넘어서자
흰머리에 대한 나의 사랑은 점점 커진다
아직 백발과는 거리가 있지만
자연스럽게 늘어가는 흰머리에 정이 깊어져 간다

염색은 생각도 안 해봤다
나이를 자랑하고자 함도 아니고
그저 나이 따라 변해가는 대로 살고자 했을 뿐이다
나에게 흰머리와 주름살은 곧 훈장이다

나는 젊어지려 애쓰지 않는다
염색도 안 하고
보양식도 챙기지 않고
헬스장이나 좋다는 곳 다니지도 않는다

그렇다고 늙음을 좋아한다고 생각하지는 마라

군자(君子)의 길

선풍기 끼고 산다
책 끼고 살듯이

에어컨은 없어도 살지만
선풍기 없이는 못 산다

아무리 더워도
벌거벗고 살 수는 없는 일

체면과 위신이 있지
곧 죽어도 군자(君子) 아닌가

속세에서 군자로 사는 일은
뜬구름 잡는 일이다

존재 이유

모든 것에는 그것이 있는 이유
존재하는 그 뜻이 있다

하얀 커피잔 위에 금색 띠가 둘려 있었는데
오늘 커피 따르다 문득 그 뜻을 깨달았다

거기가 정량이라는 것
거기까지만 커피를 채우라는 것

그 선이 가장 보기 좋고 아름다우며
맛 또한 그렇다는 것을 비로소 이제 깨달았다

커피 종류 따라 다르겠지만
지금 내가 따르는 커피는 그 선이 맞다

그 이상도 그 이하도 아니고 적당히 알맞은 경계선
내 생각이 맞는 건지는 나도 확신할 수 없지만

반전(反轉)

한 남자 가수가 나와서
"내 사랑은 당신뿐"이라고 노래했다

"여기에 있어도 당신뿐이고
저기에 있어도 당신뿐"이라면서

"돈 많아도 당신뿐이고
돈 없어도 당신뿐"이라고 열창했는데

뒤이어서 나온 한 여자 가수는
"다 거짓말"이라고 "모두 다 거짓말"이라고 노래한다

사랑한다는 말도 영원하자는 말도
다 거짓말이라고 "사랑은 무슨 사랑"이냐면서

마치 앞에 나온 가수의 노래를 비웃듯이
전혀 반대되는 노랫말로 된 노래를 부르는 것이었다

6월에는

6월에는 말을 줄여야겠다
침묵이라는 말에 무게를 두고
꼭 하고픈 말이 있더라도 참고 살자

꾹 입 다물고 수행하듯이
말 좀 줄인다고 대수는 아니지만
침묵은 금이라 했으니 시늉이라도 내면서

웅변보다 멋진 말 할 자신 없으면
6월엔 그저 입 다물고 조용히 살 일이다
말 많이 하고픈 사람들 실컷 떠들라고 기회를 주자

딴 세상

갈수록 욕심만 커지는 세상이 되었다
물질이 넘치다 보니 그렇게 변해가는 것 같다
그럴수록 마음은 설 자리를 잃고
양심 같은 것도 다 필요 없는 시대가 되었다

화려한 인생을 꿈꾸며 목을 매고
폼 나게 사는 게 유일한 꿈이 되었으며
큰소리치며 사는 게 잘 사는 삶이라 여긴다
갑질에 학을 띠면서 더 강력한 갑이 되길 원한다

점점 더 화려하면서도 큰 것만이
가치를 지니는 웃지 못할 세상이 되어간다
이제 수수하고 소박한 것들은 그 자리를 잃었다
소소하고 보잘것없는 것들의 슬픈 운명이 빤히 보인다

의문

사모곡이란 노래 있다

찌든 가난 속에서
"학처럼 선녀처럼" 산다는 게 가능할까

안개 낀 고속도로란 노래 있다

"그리움을 못 참아 끝없이 달려보는
밤도 깊은 안개 낀 고속도로"

죽고 싶어 환장했나 봐
안개 낀 고속도로를 밤도 깊은데 끝없이 달리다니

불꽃 잔치

탕탕 불똥이 튄다
무섭게 돌아가는 예초기 날에 돌이 부딪히면
번쩍번쩍 현란한 불꽃이 피어난다
무서울 것 없이 그저 돌아가는 쇠 날이 쉥 쉥 울부짖는다

아무리 조심해도 숨어 있는 돌을 발견하기는 쉽지 않아
팔에 힘이 떨어질수록 불꽃은 더 많이 일어난다
자갈에도 벽에도 철사에도 닥치는 대로
예초기 지나가는 길엔 불꽃 잔치가 벌어진다

배려

아침에 찬물로 세수하며
노숙자와 어려운 이웃들을 생각한다

보일러 돌리기엔 아직은 이른 시절
조금 두터워진 이불과 옷으로 버티고 있다

아침저녁으로 부쩍 쌀쌀해진 공기
민감한 코 예민하게 반응해도

아직은 보일러 돌릴 순 없다
나보다 더 추위에 떨며 사는 이웃들 생각하면

기대

나는 너를 잘 모르지만
너의 시를 읽는다
너를 알고 싶은 맘은 없지만
조금의 관심조차 없는 것은 아니다

너의 시를 읽으면서
조금씩 야금야금 너를 알아간다
시를 읽는다고 사람이 알이지는 건 아니지만
너의 생각과 감정 글솜씨는 알 것 같다

네 시를 많이 읽었다고
너를 안다거나 잘 안다고 할 수는 없지만
조금은 더 가까이 다가간 느낌이다
언젠가는 아주 친숙한 사이가 될지도 모른다

무진장

행복하다 무진장
밥 한 그릇 잘 먹은 것뿐인데
마음이 둥 둥 떠다닌다

늘 행복하지만
오늘 저녁은 더 행복하다
그냥 밥 한 그릇 잘 먹었을 뿐인데

1월 1일

1월 1일 오늘
또 새로운 한 해가
힘차게 새로 시작하는 첫날

가슴이 뛴다
나이 한 살을 더 먹고
노인에게로 한 발짝 더 다가간다

조금 더 체력은 약해질 것이고
조금 더 마음과 정신은 익어갈 것이고
조금 더 몸은 늙어갈 것이다

새해를 또다시 맞는 건 축복이다
살아 있는 자만이 얻을 수 있는 맑은 복
활짝 열린 새해를 마음껏 누릴 일만 남았다

살아가는 하루하루 순간순간이
더없이 소중하고 고마운 나날들 아닌가
비록 몸은 쇠약해져도 향기롭게 익어가야 한다

늘 배우고 익히려는 맘 지녀야 하고
지금보다 조금이라도 더 나아지려고 한다면
이마에 주름 늘어도 마음에 주름 생기지 않을 것이다

시기상조

기다리는 전화 오지 않고
빠진 목만 아프네

결실 하나 맺기가 쉬울 양이면
세상살이가 우스울 터

절로 맺히는 열매는 없나니
인생이 고달픈 것도 다 감사한 일

때가 아직 덜 된 모양이니
좀 더 진득하게 기다릴 수밖에

제대로 여물어 떨어지는 아람처럼
튼실하게 여물려나 보이

오염 천국

여기저기
내 손길 뻗치면
행복할까

가맹점만 득시글
발에 차인다
다 공해다

돈과 이름으로
도배된 세상
오염 천국

녹는 지구

지구가 녹는다
흐물흐물 녹아내린다

모든 게 곤죽 축 늘어졌다
멀쩡한 건 하나도 없다

들리는가 저 처절한 비명소리들
지옥도 이런 생지옥이 없다

달굴 대로 달구어진 불판 위에서 뛰는 형국
그래도 가을은 저만치서 오고 있다

무자비한 햇살 아래 치르고 있는 형벌
죄는 가능한 최대한 아주 적게 지으며 살 일이다

미국 복권

당첨금이 무려 2조 원이 넘는
미국 밀리언 복권이 세간의 화제다
2조 원이라니
감히 상상도 못 할 돈이다

갑자기 법정 스님의 무소유가 생각났다
2조 원과 무소유 이건 극과 극이다
빈손으로 소유 없이 사는 것
말하기는 쉬워도 실천하기는 어렵다

돈은 없으면 없는 대로 살게 마련
덜 쓰고 덜 먹고 덜 다니고 덜 가지면 된다
사는 게 좀 불편하고 어려울 따름이지
없이 살아도 행복하게 잘 사는 사람들도 많다

돈은 모든 불행의 근원
그래도 대박은 모두가 바라는 꿈
복권 맞은 모든 사람에게 축복을 기원한다
부디 그 돈 잘 쓰고 가길 진정 바란다

유혹

이발소 갈 때마다
머리를 빡빡 밀고 싶은
유혹에 시달린다

너무도 강렬한 충동에
아무 생각 없이
확 밀어버리고 싶지만

호랑이보다 무서운
마누라 있어
억지로 참고 또 참는다

자르르르 윤기 나게
빛나는 머리를 갖고 싶어
모든 걸 털어버린 듯

삭발은 아름다워
삭발한 머리가 나는 좋아
파르라니 빛나는 머리가 나는 좋아

빨래 너는 남자

4부
가슴앓이

문 열고 들어오면
금방 느낄 수 있는 그윽한 향기
저 작은 난 하나가 이룩한 세월의 결실
온 방 안을 휘감아 도는 향긋한 매혹의 숨결

가슴앓이

건강하고 해맑은 너

자꾸 보면 딴마음 생길까
걱정을 아니 한 것은 아니지만

지금은 많이 변해 있겠지
너도 세월을 이길 순 없을 테니까

예전의 그 모습 아닐지라도
곱게 늙어가는 모습 또한 보고 싶구나

언제나 내 가슴 파고드는 얄궂은 너

인생의 맛

허세도 좀 부리며 살자
허세 없이 살려니
삶이 참 밋밋하고 재미가 없다

허영도 조금은 있어야겠다
그것 없이 살려니
인생이 싱겁고 헛헛하다

가끔은 뻥도 있어야 한다
뻥 없이 살려니
세상이 뻣뻣하고 윤기가 없어 팍팍하다

파문

우리 집 작은 연못은 비만 오면 생겨
예쁜 파문 보여주는 깜짝한 재롱둥이가 된다
신비한 마술을 아낌없이 보여 준다

고달픈 세상살이 가운데 비 내려
잠시 지친 몸과 마음 쉬어가는 고마운 날
작은 웅덩이에 이는 잔물결을 보며 피로를 씻는다

그저 잠시 만났다 헤어지는 우리 사이지만
언제나 너를 보며 새 힘을 얻곤 한다
마술 같이 피어났다 웃으며 사라지는 무지개 같은 너

마음이 밝으면

귀가 얼마나 밝으면
지구가 자전하는 소리가 들리느냐

눈이 얼마나 밝으면
지구가 도는 모습이 보이느냐

마음이 얼마나 고우면
지구를 푸른 별이라 부를 수 있느냐

생각이 얼마나 맑으면
날마다 지구가 새롭다 여길 수 있느냐

찰나의 삶

동동동
물 위에 피어나는
작은 은구슬

물 위에서 잠깐
짧디짧은
순간의 생을 살고 간다

피었다 곧
지고 마는 찰나의 삶
덧없고 덧없다

난 향

작고 연약한 꽃대 하나
거기서 피어난 세 송이 난 꽃
그 작고 여린 난이 풍겨주는
향기가 내 방을 한가득 채우고 있다

문 열고 들어오면
금방 느낄 수 있는 그윽한 향기
저 작은 난 하나가 이룩한 세월의 결실
온 방 안을 휘감아 도는 향긋한 매혹의 숨결

난도 은혜에 보답할 줄 안다
일 년에 한 번 자신이 가꾸어 온 내면을
수줍은 듯 밖으로 고스란히 드러내는 찬란한 순간
난은 그렇게 자신의 존재를 꽃으로 피워낸다

앵두나무에게 미안하다

앵두나무에게 미안하다
잘 보이지도 않는 구석에 있어
네가 있다는 것조차 잘 살피지도 못했다

그래도 때가 되면 꽃 피고 열매 맺어
작고 예쁜 빨간 앵두를 무수히 보여주곤 했지
다닥다닥 붙은 빨간 앵두들이 여간 예쁘지 않았어

두릅나무에 가려 더더욱 힘겹게 살았지
귀찮게 달라붙는 나팔꽃 넝쿨이 더욱 극성맞았지만
그런 것조차 생각도 못 했던 무심한 주인이었네

앵두가 점점 더 빨간색으로 익어갈 때면
붉은 립스틱을 바른 여인들의 작고 예쁜 입술이 떠올랐지
앵두 같은 입술이 가장 예쁜 입술인 줄 알며 살았지

화사하게 밝은 꽃을 올해도 어김없이 피웠네
꽃 핀 줄도 모르고 사는 이 한심한 주인을 용서해 다오
앵두나무에게도 그 꽃에게도 너무너무 미안하구나

있다는 존재조차 잊고 살아서 정말 미안하구나

가을 선물

대추를 땄다
꼭 초콜릿을 닮았다

아무리 봐도
영락없는 아몬드 초콜릿

색깔이 너무 똑같다
반짝반짝 빛나는 모양이 앙증맞다

작게 빚은 송편 같아 더 예쁜 대추 알들은
가을 햇살이 빚어낸 천혜의 작품

그 빛과 모양이 너무 고와 눈이 아프다
대추가 익어야 가을도 익는다

밤하늘의 태극기

밤하늘에 펄럭이는 태극기를 본 일 있는가

초겨울 차가운 밤하늘에 힘차게 펄럭이는 태극기는
그 자체만으로도 감동이다

높다랗게 솟은 깃대 위에 부는 바람결 따라
휙휙 소리도 정겹게 휘날리는 모습은 참으로 아름답다

큰 깃대를 세우고 태극기를 자랑스럽게 게양한 그날 밤
무심코 나왔다 마주한 태극기의 벅찬 춤사위는

왜 큰 깃대를 세우고 하늘 높이 태극기를 달았는지를
새삼 뜨겁게 제대로 깨우쳐 주고 있었다

태극기는 우리들 가슴 속에 살아 있는 대한민국의 표상
힘차게 휘날리는 모습은 배달민족의 드높은 기개

밤이 깊을수록 바람 거셀수록 아름다움 더해만 간다

비밀

너는 나의 비밀
영원한 나의 비밀이야

아무도 모르는
아무에게도 알리고 싶지 않은

너는 나의 기쁨이야
나만 아는 나 혼자만의 기쁨

마음속 깊이 아로새기며
샘물처럼 송골송골 솟아나는 그것

네가 나만의 비밀이어서 가슴 뛰고
그런 벅찬 가슴 간직하고 사는 나는 조약돌이야

술 씨

아득한 옛날 내 가슴 속에
술 씨 하나 심어졌다

잘 먹지도 못하는 술이
이토록 수시로 고픈 까닭은

그 씨앗이 발아했기 때문이리라
푸르고 청정하게 자라고 있기 때문이리라

새파랗게 돋아낸 여린 새싹이
지금도 꿋꿋하게 소리 없이 잘 자라고 있음이리라

축복의 소리

참 듣기 좋다
가슴을 뚫는 저 빗소리

한밤중 채선당(蔡善堂)에 쏟아지는
저 시원한 축복의 선율

밤새도록 내려 온세상 적시렴
세상이 건조하다는 말 사라지도록

주룩주룩 쭉쭉 조금 더 세차게
개울물 힘차게 흘러 넘실거릴 수 있게

지난주 새로 심은 아버지 산소 잔디
푸르게 쑥쑥 자랄 수 있도록

따스한 정 나누기

시험 끝나자 그동안 고생했다며
가까운 친구가 밥과 커피를 사준다

대단하다는 말을 연발하며
지쳐 있는 마음을 따스히 위로해 준다

뜻밖의 선물을 받고 나니
지난 세월이 주마등처럼 스쳐 간다

이렇게 고마운 친구가 있어
새삼 세상 살맛이 솟아나는 것이다

긴장 풀려 느슨해진 기운이 다시 팽팽해지고
순한 희망들이 새록새록 돋아난다

이별 준비

지금은 한창 자랄 때
세상에 나온 지 이제 겨우 4개월
새 가을이 돌아오면 그땐 이별을 결행하겠지

이제부터 이별을 준비하자
언젠가는 제 발로 나갈 놈이니까
온갖 정성 다 들여 마냥 보듬고 예뻐했는데

기어코 나가겠지
조금의 망설임도 없이
끝내 어디론가 가고야 말 거야

배부르게 먹을 수 있고
따뜻하고 편안한 잠자리가 있고
평온한 삶이 확실히 보장된 좋은 집 버리고

어느 날 본능이 발동하면
아무런 미련이나 망설임도 없이
안개처럼 연기처럼 가차 없이 사라지겠지

함께 했던 우리와의 아름다웠던 인연도
까마득히 영영 잊어먹겠지
그런 일들이 있었는지조차 기억도 못 하겠지

개판

하지 말라는 거
굳이 해서
망가지는 사람 무지 많다

하지 말라고 하는 건
안 하는 게 좋다
몸에도 좋고 마음에도 좋다

마무리 작은 것이라도
해서는 안 되는 게 있는 법이라
기를 쓰고 할 필요가 없다

기어코 했다 일 터지면
그런 낭패가 없다
인생 종치는 수가 생길지도 모른다

소망

내가 안고 싶은 건
시만이 아니다

그건 바로 너
널 꼭 안아보고 싶다

으스러지게 말고
으스러질까 봐 아주 살며시

그렇게 꼬옥 따스하게
안아보고 싶다

네 체온이 느껴질 때까지
꼭 안은 채로 그냥 있고 싶다

날 대추

지난밤 비바람에
떨어진 대추를 주워 먹는다

묻은 흙을 손으로 비벼서
옷에 대충 쓱쓱 문질러 닦은 다음
입 속에 집어넣는다

단맛이 제법 실하게 들었다
가끔 씁쓸한 맛이 나는 건
벌레 먹었거나 병들은 것들이다

의심이 드는 건 살짝
반쯤 깨물어 확인을 한다
간혹 귀여운 애벌레가
자고 있어 놀라기도 한다

따끈한 햇살이 주변을 가득 채우며
가을이 깊어 갈 즈음
대추도 단맛이 깊게 배인다

빨갛게 익어가는 통통한 대추를
눈으로 감상하는 즐거움과
손으로 따먹는 재미와 맛이 쏠쏠하다

가지에 달린 대추를 직접
따먹는 게 더 깨끗하고 좋지만
주워 먹는 맛도 부족함이 하나도 없다

대추나무 밑에서 대추 먹는 그 맛과 재미에
가을이 깊어 가는 것도 잊고 산다
올가을은 내 마음에도 단풍색이 더 곱게 물들 것 같다

전멸

에프 킬라 한 방에
무수히 죽어 자빠진 점 같은 집개미들
검은 점으로 널브러져 있다

세상에 태어나서
그런 모습으로 허망하게 가다니
빗질 한 번이거나 청소기 한 차례 지나가면
흔적도 없이 사라질 터

살기 위해 먹을 것 찾으러 나왔다가
졸지에 비명횡사했구나
이 뜨거운 한여름에 사랑하는 가족들 남겨놓고
말도 없이 치워져야 할 쓰레기가 되었구나

탈출구

사람만 살 궁리할 게 아니다
지금 땅에 뿌리박고 사는 식물들에겐
소중한 목숨이 경각에 달린 절체절명의 위기
가슴에 물기가 사라진 지 이미 오래

아침까지도 싱싱하던 화분 속 치자나무
오후 지나 저녁 무렵 되자
이파리가 축축 늘어지기 시작한다
하나둘 짜부라져 가는 모습이 심각하다

저러다 아주 가는 거 아닌가 싶은데
마당 가에 심은 호박은 아예 혼절했다
심폐소생술이라도 해야 할 듯
푹푹 찌는 복더위 속 지독한 가뭄이 원망스럽다

할 수 있는 모든 방법 다 동원해서
긴급 구조작업 벌인다
호스 길게 늘어트려 물 왕창 대주고
펌프까지 가동해 분수 호스로 물 뿜어낸다

죽어가는 목숨에 겨우겨우 생명줄 불어 넣는다

열정

네 생전에 눈 맞아 도망갈 일은 없겠구나

짜릿짜릿 전기 흐를 일도 없겠구나

활화산처럼 뜨거운 불꽃 튈 일은 정말 없겠구나

영화나 소설 속의 주인공 같은 일은 절대 없겠구나

큰 복

수도권이라
서울이 가까운 것도
복이지만

이름부터 친근하고
포근한 춘천이 가까운 것도
큰 복 중의 하나다

춘천 사는 조카 네
그곳에 다니는 쏠쏠한 재미는
엉덩이 무거운 나에겐 더없는 복이다

드라이브하기 딱 좋은 왕복 150km
세 시간이 꿀단지보다 더 달다
오고 가는 길 위에 행복 꽃이 주렁주렁 열린다

너

네 목소리
성우보다 더 예쁘다

네 눈동자
구슬보다 더 맑구나

네 미소
햇살보다 더 밝구나

네 마음
천사보다 더 곱구나

나무를 닮은

나무를 닮고 싶다는 사람들이 많다
나는 일찍이 그런 생각을 해본 적이 없으나
가만히 생각건데 나야말로 나무를 닮지 않았나 싶다

한 곳에 뿌리박고 사는 나무들
평생을 오직 그 한 자리에서 군말 없이 살 뿐
자신의 처지를 분명히 알기에 다른 곳을 꿈꾸지 않는다

설령 꿈꾼다 한들 이뤄질 수 없음을 잘 안다
그러하기에 진작부터 더 깊이 깊숙이 뿌리박는 일에만
지극정성으로 관심과 사랑을 쏟을 뿐이다

나무는 움직일 수 없기에 나무다
움직이는 것은 모두 나무가 될 수 없다
나무는 움직이지 못해도 언제나 움직이는 것처럼 산다

모든 움직이는 것을 지켜보며
말없이 그들보다 앞서가기도 하고 뒤따라가기도 한다
그러면서 그들의 모든 것을 받아들인다

나무는 언제나 말이 없는 가운데 침묵으로 말한다
말 없는 침묵과 움직이지 않는 행동이 나무의 가장 큰 긍지다
그러나 나무는 죽어서 더 크게 말한다

만물의 영장

태어난 지 겨우 3개월 된
아기 고양이와 벗한다
나를 친구로 맞아준 건 녀석이다
내게로 와 온갖 장난 다 건다
재롱도 부리고 밥 달라고 생떼도 쓴다

이젠 제법 깨무는 힘도 세지고
발톱도 날카로워 여기저기 상처가 생긴다
손등엔 벌써 상처투성이
길고 벌건 자국들이 선명하게 나 있다

아기 고양이와 친구로 지낸다는 건
세상의 작은 행복을 하나 더 얻는 일이다
커가는 모습을 지켜보는 것
하루하루가 다르게 쑥쑥 자라고 있다
볼수록 놀라운 운동능력에 그저 놀라며 감탄할 뿐

겨우 3개월 지났지만 제 몫 다 한다
고양이를 보며 3개월 된 인간의 아기들을 생각해 본다
인간은 정말 얼마나 나약한 존재인가
만물의 영장이란 말은 아기들에겐 통하지 않는다

겨울꽃

거실 바닥에 꽃송이 피었다
예쁘게 까버린 귤껍질
조금조금 제각각 찢어져 피었네

전기장판 위에 널브러져 말라가는
귤껍질을 꽃이라 생각하니
건조한 한 겨울 시린 계절에 근사하네

천연 꽃 보기 힘든 시기에 활짝 핀 꽃송이들이
잔뜩 움츠린 가슴에 온기를 지핀다
겨울에 피는 꽃은 다 예쁘다

하늘다리

빗속을 뚫고 아침을 달려
하늘다리에 갔다
처음 찾아가는 길은 언제나 싱그럽다

상큼한 초록빛 사이로 이어진 꼬부라진 길은
신비함으로 가득 찬 미지의 세계 같았다
새로운 마력의 세계로 잡아끄는 마법사인 양했다

마음을 숨긴 숫처녀처럼
낯선 모습으로 아기자기 펼쳐지는
은근한 비탈과 골짜기가 손 벌려 맞아주었다

조금은 귀에 익은 생소한 동네 이름을 단 팻말들이
시원하게 내리는 빗방울과 뒤섞여
은근히 초행길의 긴장을 한껏 풀어 주었다

하늘다리 가는 첫 드라이브의 정감은
모든 첫 경험이 다 그렇듯 더욱 도드라져 보였고
속도를 올려 달리면 손사래 치며 천천히 오라 말리곤 했다

그냥

피던 담배 그냥 차창 밖으로 휙
손에 든 담배 후욱 한 모금 빨고 그냥 바닥으로 툭
바닥에 버린 담배꽁초 그냥 발로 꽉
아무 일도 없었다는 듯이 그냥 가던 길로 쭉

언제 어디서 어떻게 버려졌건
버려진 담배만 그냥 그 자리에 그대로 그렇게

버린 사람은 태평하게 그냥 그대로 그렇게 쭈우 욱

장맛비

줄기차게 내리는 비
지치지도 않네

저 체력은 어디서 오는 걸까
이틀을 내리퍼붓네

옛날 같으면 홍수 날 일
여기가 포천이라 그만 다행일세

하늘에 구멍이라도 뚫렸는가
어찌 이다지도 극성스럽단 말인가

인제 그만 그칠 때도 되었는데
도무지 멈출 생각 조금도 없는 거 같네

천천히 가

천천히 가

바다에 왔으니
급할 거 하나 없잖아

즐기기 위해 나선 길
쫓기듯이 급하게 걷지 말자

둘러볼 거 둘러보면서
마음도 편안하게 여유롭게 걸어보자

서둘러 바쁘게 걸을 거 아니다
바닷내음 파도 소리 넓고 푸른 바다 즐기면서

눈 크게 뜨고 하나라도 더 보고 가자
발걸음이 느려야 마음도 한결 더 한가로워진다

주먹 대신 사랑

나는 강아지를 인간적으로 대하는데
강아지는 나를 개적으로 대한다

수틀리면 안하무인 주인도 없다
네가 누구냐는 듯이 막무가내로 대든다

두 눈 동그랗게 뜨는 건 예사
피가 나도록 깨무는 것도 다반사다

나의 보살핌으로 사는 주제도 모르고
멋대로 까부는 녀석이 어이없다

그러나 말도 못 하는 저 녀석을 어쩌겠나
주먹 대신 더 따스한 사랑으로 감싼다

등 굽은 사람

등은
할머니만
굽는 것이 아니다

이 세상엔
등 굽은 사람들이
왜 이렇게도 많은 것일까

사는 일이 너무 버거워
아직 늙지도 않은 새파란 나이에
벌써 굽은 등을 이루며 힘겨운 삶을 산다

둥그렇게 휘어진 등을 보면
그 사람의 살아온 지난 세월이 보여
굳이 손잡아 보지 않아도 그 삶을 알 것만 같다

밤 따기·1

긴 장대 두 개는 왼손으로 들고
오른손에는 플라스틱 양동이 두 개와 집게 하나
건들건들 콧노래 부르며 밤 따러 간다

떨어진 아람과 밤송이 따고 주울 생각에
마음은 벌써 긴장과 흥분으로 가득
목 빼고 기다리고 있을 밤나무들이 저기 있다

날 좋은 가을날 오전 한나절을 밤 따는 일로 보낸다
장대 휘두르는 일에 두 팔과 고개가 아프지만
양동이에 발로 꾹꾹 눌러 담고도 남는 밤송이가 날 반긴다

날카로운 가시투성이인 밤송이 속에
저리도 튼실하게 여물어 간 탐스러운 밤톨들을 보면
아무리 봐도 그저 신기하고 놀라울 뿐이다

따고 주워 담으면서 느끼는 이 희열은
오직 가을에만 맛볼 수 있는 가을만의 정취
밤 따기 하는 날은 내가 가을 색으로 듬뿍 물드는 날이다

밤 따기·2

밤 따고 들어와 편하게 커피 마신다
통통하고 튼실한 밤 숱하게 줍고 땄으니
커피 맛이 더 향기로울 수밖에

평소보다 이른 시간이다만
그깟 시간이 무슨 문제고 무슨 대수랴
노곤한 몸 쉬면서 흐뭇한 맘으로 마시니 꿀맛이다

마님 일 나가 없고 혼자 즐기는 커피
수고했다 말 건네며 타 준다면 더할 나위 없겠지만
오늘은 이렇게 혼자 마시며 홀로 즐긴다

따야 할 밤나무 서너 그루와 실하게 여문 밤들이 수북하고
장대로 땀 흘려 두드려 따고 줍는 작은 수고가 있고
한 수레 가득하게 담겨지는 충만함이 있고

이런 기쁨과 보람이 있으매 가을이 즐겁다
선들선들 갈바람 부는 아침 한나절
밤 따고 들어와 마시는 커피가 참으로 달고 구수하다

심심풀이

심심한가 보다
뒤따라오는 차도 없는데
우회전 깜빡이 켠다

심심한 건 견디기 힘든 일
뭔가라도 해서 풀어야 할 것 같아
괜히 죄 없는 깜빡이라도 건드려 본다

이렇게라도 해야
운전이 더 즐거운가 보다
깜빡깜빡 깜빡대는 소리가 차 안을 헤맨다

지팡이

언젠가 지팡이 필요할 때 온다
나이 들면 없어서는 안 될 동반자
걷는 데 이보다 더 고마운 친구는 없다

젊어서는 필요 없던 물건들이
세월 흘러 나이 먹으니
이것저것 도움 받을 물건으로 변한다

아차 해서 넘어지기라도 하면
십중팔구는 골절상이라
병원 신세 지지 않으려면 꼭 챙겨야 한다

지팡이 짚는 신세가 한탄스럽고
이 꼴로 만든 세월이 야속도 하다 마는
인생사가 다 그런 것 누군들 피해 갈 수 있나

커피나 한잔

으레 입에 달고 사는 말

하루에도 몇 번씩 하는 말

한국인들이 가장 많이 하는 말

안 들으면 어쩐지 허전해지는 말

사랑한다는 말보다 더 좋아하는 말

발버둥

모기도 세상에 나오면
살려고 발버둥 친다
여기저기 먹을 것 찾아 헤매고
목숨 걸고 작업 들어간다

티끌 같은 모기도 그렇게 사는데
하물며 인간이라면
의미 있는 인생 살아야 한다
모든 순간 소중히 여길 줄 알아야 한다

잔칫집

국수 먹으러 간다
이 뙤약볕에 먼 길 마다 않고
지극정성으로 찾아간다

오랜만에 반가운 사람들 만나서
한 끼를 국수로 채우며
오손도손 정겨운 이야기도 나누는 잔칫집

찾아가는 길이 아무리 멀어도
버스 타고 전철 타고 가끔 철컹철컹 철교도 건너가면서
들뜬 마음으로 국수 먹으러 먼 길 찾아간다

잔치 국수 먹는 날은 하루가 즐겁다

오메 좋은 거

오메 좋은 거
저기 또 하나 있구면

이쁜 아가씨들 싱싱한 다리 많이 봉께
젊어지는 건 문제도 아녀

오메 좋은 거
참으로 살맛 난당께

세상 참 좋구면
가는 세월이 너무 야속허구면

고요한 하늘

아침부터 제트기가 날아다닌다
요란한 굉음을 토해내며
오랜만에 보는 팬텀 전투기 두 대
높고 푸른 하늘 속으로 까마득히 날아가
이내 작은 점이 되어 사라졌다

세상이 다 조용하다
겨우 제트기 두 대에 고요가 깨지다니
산산조각 난 세상을 뒤로 하고
언제 그런 일이 있기라도 했었냐는 듯
전투기들은 약 올리듯 소음만 남긴 채 사라졌다

아무것도 날지 않는 하늘이 무료하다

지름길

사람들은 말하지
내려놓으면 편하다고
그게 행복의 지름길이라고

그렇지만 그게 어디 쉬운 일인가
말처럼 생각처럼 되는 일인가
내려놓을 것조차 없는데

근심과 걱정을 내려놓고
욕망과 욕심을 버리고
마음을 비우는 일

평생을 두고 해도 못 하는 일은
그것 말고
뭐가 또 있나

Over a Wall
Poetry
36

인지생략

빨래 너는 남자

2023년 9월 15일 초판 1쇄 인쇄
2023년 9월 29일 초판 1쇄 펴냄

글 사진 | 강돈희
펴낸이 | 송계원
디자인 | 송동현 정선
제　작 | 민관홍 박동민 민수환
펴낸곳 | 도서출판 담장너머
등　록 | 2005년 1월 27일 제2-4102
주　소 | 11123 경기도 포천시 화현면 달인동로 89-1
전　화 | 031-533-7680, 010-8776-7660
팩　스 | 031-534-7681
이메일 | overawall@hanmail.net
카　페 | http://cafe.daum.net/overawall

2023 ⓒ 강돈희

ISBN 89-92392-66-2 03810
값 13,000원